Martin Dexheimer
Baustelle M
Neue Kanalitäten aus Eberswalde

Martin Dexheimer

Baustelle M

Neue Kanalitäten aus Eberswalde

Bibliografische Information der Deutschen Nationalbibliothek: Die Deutsche Nationalbibliothek verzeichnet diese Publikation in der Deutschen Nationalbibliografie; detaillierte bibliografische Daten sind im Internet über http://dnb.dnb.de abrufbar.

Die automatisierte Analyse des Werkes, um daraus Informationen insbesondere über Muster, Trends und Korrelationen gemäß §44b UrhG („Text und Data Mining") zu gewinnen, ist untersagt.

Korrektur: M. Kraft

Verlag: BoD · Books on Demand GmbH,
In de Tarpen 42, 22848 Norderstedt, bod@bod.de

Druck: Libri Plureos GmbH, Friedensallee 273,
22763 Hamburg

ISBN: 978-3-7693-1413-7

Inhaltsverzeichnis

Spanischer Sommer

Seit drei Wochen schon spaziere ich durch Spanien. Ich bin mal wieder unterwegs auf dem Jakobsweg, kann einfach nicht genug kriegen vom Camino de Santiago.
Wahrscheinlich habe ich den Caminovirus. Dagegen ist kein Kraut gewachsen, ich trage es mit Fassung und Leidenschaft.

Knapp 550 Kilometer sind bisher unter meinen Füßen hinfort gegangen. Wo sind sie nur hin?

Ich gehe und pilgere. Am Morgen starte ich und pilgere den Tag weg, bis ich irgendwann und irgendwo ankomme. Bald werde ich das Meer erreichen, den Atlantik. Dann werde ich in Muxia sein, das ist ein kleiner Fischerort, den ich sehr mag. Da ist diese Kirche direkt am Meer. Riesige Steine liegen zwischen Kirche und dem kraftvollen Meer. Hier kann man gewaltige Kräfte erleben.

In Muxia, so erzählt man sich, hatte Jakobus der Ältere an seiner Mission gezweifelt, er sollte das Evangelium verkünden und fand nur sehr wenige Zuhörer. Maria erschien, kam auf einem Steinboot über das Meer gefahren und sprach ihm Mut zu.

Heute gibt es jedenfalls diese Kirche hier, das Heiligtum Sanctuario da Virxe da Barca.

Ob es ein Heiligtum ist, spielt für mich keine Rolle, denn ich bin einfach gern an diesem Ort. Er tut mir und meiner Seele gut.

In Muxia ist die alte Welt zu Ende, eigentlich offiziell in Finisterra, dem anderen Ende der Welt. Ich kann mit zwei Enden leben.
Zum Glück wissen wir jetzt, dass es noch andere Welten gibt. Die Welt geht noch weiter hinter dem Meer.

Und: Wenn ich mich dann umdrehe, dann wird das Ende zum Anfang und es gibt wieder genug Weg und Welt. Von der anderen Richtung sieht die Welt aus wie neu, die Perspektive macht alles anders.

Was wohl mein Fahrrad anstellt, so allein auf meinem Flur in meiner Eberswalder Wohnung?

Ich pilgere und gehe und wünsche mir manchmal mein Fahrrad her, wenn der Jakobsweg am Straßenrand verläuft würde ich gern mit meinem Fahrrad fahren.

Eberswalder Sonntag

Ich bin zurück in der Heimat. Am nächsten Montag fängt das neue Schuljahr und damit meine Arbeit wieder an. Der spanische Sommer in meinem Kopf beginnt schon Erinnerung zu werden.

Am letzten Ferienwochenendesonntag finde ich etwas Zeit für eine Radfahrt. Mein Fahrrad hat das Rollen noch nicht verlernt und schnurrt gemächlich den Weg entlang. Gerade legt sich der Sonntagnachmittag träge über die Stadt und den Treidelweg. Vielleicht ist es auch ganz anders, auf mich wirkt es gerade so. Ich staune über die veränderte Natur und sehe farbige Blüten und rotleuchtende Äpfel am Wegesrand liegen. Zwei Menschen pflücken freudig Holunder, andere naschen Brombeeren direkt vom Strauch.

Ich fahre mit meinem Rad, habe nun nach fünf fußlastigen Pilgerwochen den direkten Kontakt zum Boden verloren. Meine Füße scheinen noch laufen zu wollen, sie zucken etwas unruhig auf den Pedalen. Aber die Sohlen genießen den Abstand. Und ich schaue mir meine Welt an, die bekannt und etwas anders ist.

Der Kanal fließt geduldig und sicher in seinem gewohnten Bett und das Ufer ist üppig bewachsen. Selbst aus dem Wasser ragen grüne Gewächse und einige leuchtende Seerosen, die man ja eigentlich Kanalrosen nennen müsste. Und das Schilf ist richtig erwachsen geworden, es verdeckt mannshoch den Finowkanal, überragt sogar mich hier und da.

Ich radle und kann dabei den Kanal riechen. Er riecht nach Sommer, Hitze, überreifen Äpfeln und dem Regen des Sonntagvormittages.

Dann mache ich Halbzeit auf meinem Weg. Die kleine Privatbank der Engel am Kanal vor Niederfinow ist mein Ziel. Und sie hat auch Platz für mich und meine Gedanken.

Ab und zu klatscht es auf dem Wasser, dann springt ein Fisch hoch und schaut sich den Abend an. Möglicherweise will der Fisch ja auch sehen, wer da auf der Bank sitzt.

So sitze ich, schaue auf das nun wieder spiegelglatte Wasser und in die Wolken. Ich tauche in meine Gedanken ein und lande in den Abenteuern des vergangenen Sommers. Tausende Bilder fliegen durch meinen Kopf.

Ich kann sie nicht festhalten, sie suchen sich anscheinend gerade Erinnerungsplätze in meinem Gehirnwindungen. Noch bin ich nicht im Alltagstakt, habe die vergangenen Tage sich selbst überlassen. Zwischendurch gab es einige aktive Momente, wo ich Sachen suchte oder wegpackte, Wäsche zusammenlegte und Müll sortierte.

Auf der Engelsbank sitzt es sich teuflisch gut. Die Abendsonne schaut sich ihr Ebenbild im Kanal an. Wenn ich mich etwas vorbeuge, kann ich auch mich im Wasser sehen. Ich habe genug gesehen und rappel mich auf und fahre zurück in meine Stadt.

Die große Wiese vor dem Wald trägt satt. Um meinem Baum herum ist gemäht, das Gras auf der Rolle. Stimmen wandern über die Sommerwiese. Am Rand dieser Welt sehe ich Menschen sitzen und picknicken, andere schwatzen und radeln über die Wiesenwege oder umgekehrt. Ich genieße den Atem des Abends beim Blick auf meinem Baum.

Morgen wird die Schule wieder losgehen, für mich wird es mein Neutag. Ich bin gespannt, wie er wird, wie das Ungewohnte und Neue langsam von Tag zu Tag zu meinem Alltag wird.

Halbseptember

Die Tage, sie kommen und gehen. Meine Tage sind noch nicht ganz Alltag. Und ich? Ich funktioniere vortrefflich, fahre brav zu den Schulen. Ich rede, rede lauter, schlage vor und zeige Wege auf. Ich helfe, so hoffe ich.

Die Kinder sind so lebendig und können sich nicht gleich an das Sitzen in der Schule gewöhnen. Stillsitzen passt eigentlich nicht zu den Kindern.

Ich spüre einige Veränderungen, die mir guttun. Eine Schule ist viel näher an meinem Zuhause und fängt später an.

Der Schulanfang macht mich trotzdem leicht angeschlagen. Ich fühle mich erschöpft, bevor ich es bin. So schlafe ich, statt Rad zu fahren. Ja, es steht ungenutzt im geduldigen Flur.

Die Wochen kommen und gehen, auf einen Tag folgt der nächste. Vier Wochen voller Schultage liegen hinter mir. Das ist schon wieder fast Alltag. Nein, das ist noch nicht ganz so. Jede Schule ist ja anders, wie auch meine neue Grundschule, die ich nun mittwochs bis freitags beschaue.

Ich gehe dort in die zweite Klasse. Zuerst habe ich mich um Stuhl und Tisch gekümmert. Das Mobiliar von Zweitklässlern passt mir nicht mehr.

Dann folgte neben dem Ursächlichen, das Kennenlernen und Begleiten meines Klienten, das Erkunden der Gegebenheiten. Nein, es ging nicht nur das Finden eines Herrenklos für meine Bedürfnisse.

In den Hofpausen drängeln sich die Schüler am Tor zusammen, bis ein Lehrer mit Schlüssel kommt. Hinter dem Tor ist ein Spielplatz, dort wollen viele Schüler hin.

Das Drängeln am Tor ist ziemlich heftig, es geht auch um fünf Schaukeln, die heiß begehrt sind. Die Großen schubsen die Kleinen weg und diese die noch Kleineren. Das haben sie also schon von uns gelernt, könnte man selbstkritisch sagen.

Deshalb stelle ich mich als Fels in der Brandung an meinen drei Tagen neben das Tor, sorge etwas für Gerechtigkeit. Ob es wirklich gerechter durch meine Intervention ist, weiß ich nicht wirklich. Sie müssen das ja eigentlich selbst hinkriegen.

Die Wärme kommt und geht. Kommt sie? Ich bin etwas verunsichert, ob genug Wärme im Winter in meine Wohnung kommen kann. Die neuen Abschläge und Preise für meinen Durchlauferhitzer machen mir frostige Gedanken. Der Preis hat sich rund verachtfacht. So wird eine warme Bude zum Luxus werden.

Die Gedanken kommen und drehen ihre Runden in meinen Schädel. Wohin geht meine und unsere Reise? Ich hab keine Antworten. Hab ich noch genug Fragen?

Da sitze ich also gedankenvoll im Wind des Samstages auf meiner Engelsbank am Finowkanal. Ja, ich bin mit Fahrrad hier. Der Weg ist noch da. Das Wasser kräuselt sich trüb. Irgendein Vogel kann seinen Schnabel nicht halten und krächzt seine heisere Melodie selbstbewusst in die Landschaft. Noch ist alles grün hier, obwohl der Herbst schon auf der Lauer liegt.

Der Radweg hat ein wenig Lippenstift aufgelegt. Irgendjemand hat die Kanten und Stolperstellen gekennzeichnet.

Ich trete jetzt gegen den Wind und nach Eberswalde. Und der September hat noch einen halben Monat Zeit.

Herbstträume

Der Nachmittag ist wie ich recht träge. Und doch schaffe ich es mich aufzurappeln, nach einigen Anläufen komme ich in die Gänge.

Mein Rad lasse ich in der Ecke stehen, die eigentlich ein Flur ist und treidel mich mit meinen Füßen auf dem Weg am Finowkanal entlang.
Selbst die Stockenten spazieren hier heute auf dem Weg herum, als im Kanalwasser zu schwimmen, wie es sich gehört.

Der noch junge Herbst zeigt sich heute mild und trocken. Nicht nur ich nutze das gute Wetter aus, viele andere Spätnachmittagsspaziergänger bewegen sich in allen Richtungen.

Die Gaststätte am Kanal ist wieder im Betrieb. Ich finde, das ist eine gute Sonntagsnachricht. Auf einem Schild lese ich "La Gondola" und vermute sogleich, dass es dort sicher italienisch zu geht.

Die Bäume beginnen Farben aufzutragen, ich bewundere leuchtendes Gelb und knallrote Tupfer. Die Natur zaubert die schönsten Farben herbei.

In meinem Kopf beginnen die Blätter ebenfalls zu fallen. Übrig bleiben die kahlen Grundgedanken. Sichtbar werden die Baustellen, Wünsche und Bedürfnisse, die Unzufriedenheit.

Im Oktober werde ich mich wohl wieder auf dem Weg nach Santiago machen. So habe ich gerade entschieden. Meine Sehnsucht hat mir stark zugeredet.

Glück der Welt

Ich weiß nicht, ob alles Glück der Welt auf einem Pferderücken liegt. Es macht mich jedenfalls froh und glücklich mit Pferden, wie Rosa, ein Stückchen Zeit zu verbringen. Freitags begleite ich immer eine Klientin zur Hippotherapie.

Der letzte Septemberfreitag hat ein sonniges Gemüt und die Pferde erwarten uns geduldig. Rosas Pferderücken ist staubig, jedes Staubkorn könnte also ein wenig Glück sein. Die Pferdeäpfel wirken so unschuldig im Vergleich zu der Sch., in der wir gerade irgendwie stecken. Ja, selbst das Abäppeln entspannt mich.

Nach dem Freitag kommt der Oktober. Ja, er ist da, er hat sich in diesem Jahr das Wochenende als Start ausgesucht. Das ist ein feuchtfröhlicher Anfang. Das richtige Wetter um auszuschlafen und spannende Bücher zu lesen.

Ich nutze die Zeit und fahre in die Hauptstadt, besuche eine Bruchpilotin, meine Freundin Blauschal. Da gab es einen schwedischer Stein des Anstoßes, der ihren Oberschenkel brach. Nun lernt sie gerade wieder laufen.

Am 3. Oktober, dem Tag der Deutschen, erledige ich unfeierlich meine Monatsabrechnungen. Ganz passend. Kasse machen. Die Monatsabrechnungen von Deutschland dürften komplizierter sein.

Als ich fertig bin, habe ich endlich Zeit, den übervollen Garderobenständer aufzuräumen. Dabei stellt sich heraus, dass es eigentlich mein Fahrrad ist, was da von Kleidung überlagert ist und keine Garderobe. Ich habe das Rad auch schon gesucht. So räume ich die Sachen in eine andere Ecke und lande auf dem Sattel des befreiten Fahrrades. Letztendlich sitze ich jetzt hier auf der Engelsbank.

Ich denke über Gott und die Welt nach. Eine Kuh schreit scheinbar gedankenfrei und heiser den sonnigen Oktoberabend an. Und der Kanal fließt weiter so vor sich hin und macht deshalb keine Welle.

Die Gänse schreien ringsherum. Vorhin konnte ich eine Fluggemeinschaft in Pfeilformation fliegen sehen. Hätten die Gänse gelbe Höschen angehabt, ja dann wäre da am blauen Himmel ein gelber Pfeil zu sehen gewesen.

Die zweite Kuh ist eingestiegen und trällert brüllend um den Einzug in den Recall. Deutschland sucht meines Wissens nach nicht die Superkuh. Das scheinen die Kühe am Finowkanal nicht zu wissen.

Der Herbst hat sich richtig breit gemacht. Er hat schon ordentlich dick Farbe aufgetragen. Bei all den trüben Tagen der letzten Zeit vertrösten mich diese warmen Farben. Ich hoffe auf bessere Tage. Besser kann ich sie ja auch selbst machen.

Der Himmelspfeil ist jetzt auseinander geflogen. Die Gänse fliegen im Kreis und in alle Richtungen. Vielleicht wollen sie eine Muschel bilden.

Den Süden gewinnen, ohne den Norden zu
verlieren - das hab ich mal irgendwo gelesen.
Kann sein, dass ich deshalb wie ein Pingpong
Ball immer zwischen Nord und Süd hin und
her pilgere. OK, ein wenig Ost und West ist ja
sowieso dabei, vereinigungsbedingt.

Der Nahverkehrszug mischt sich in die Ge-
räuschkulisse ein und lässt Vögel und Kühe
verstummen, für einen kleinen Moment voller
Ewigkeit. Das passt, denn ich will nun zurück
ins Leben fahren. Über Gott denke ich später
nach.

Gedankenstehen

Trotz anderer Sonntagsvorsätze, greife ich mir
doch noch mein Fahrrad, lasse vorsorglich
Luft in die Reifen und rolle in den milden
Sonntagnachmittag. Auf dem Treidelweg
scheint heute Familienradtag zu sein.
Eltern mit ihren Kindern sind in Kleingrup-
pen unterwegs. Die Kinder werden jeweils von
den Vätern transportiert, im Anhänger, vor
dem Bauch und auf dem Kindersitz. Vielleicht
ist heute der „Väter nehmen heute die Kinder"-Tag.
Die Engelsbank ist besetzt. Ein unscheinba-
rer Mann angelt in den Sonntagnachmittag.

So übe ich heut das Denken im Stehen auf dem Damm. Mein Nachdenken fühlt sich irgendwie anders an, der Abstand zum realen Boden ist größer. So sehe ich in dem Angler einen Engel, der hier die Fischseelen angelt, bevor sie weiter Richtung Oder (Hölle) schwimmen.
Die Kühe rupfen und kauen geräuschvoll im Oktobergras des Jahres umher. Auf der anderen Seite der Kanalwelt übt immer noch eine Kuh ihre Gesangsstimme. Sie hat noch nicht verstanden, dass sie nicht weiter in der nächsten Runde ist.

Das Land liegt friedlich zwischen Bäumen und Kanal. Es ist ruhig, wenn man das Rupfen der Kühe ausblendet. Die linke Kuh frisst und kackt gleichzeitig, zeigt mir klar den Kreislauf auf.

Dann tutet der Regio sein Pfeifsignal ins herbstliche Bruch, es scheint mein Signal für den Aufbruch zu sein. Als ich am angelnden Engel vorbeigehe, fragt er mich, warum ich seine Kühe fotografiere. Ich bin sprachlos und baff, wusste nicht, dass Engel Kühe halten. Nachdem meine Sprache wieder da ist, erklärte ich ihm, dass ich den Bullen gefragt hatte. Er hatte nichts dagegen das ich seine Kühe fotografiere.

Nun ist der Engel sprachlos, wirft seine Angel aus und will wahrscheinlich weiter ein paar Fischseelen fangen. Der hellblaue Himmel fängt meine Blicke ein. Ich versinke in unendlicher Weite und denke weiter vor und nach.

Ferienzeit liegt in der Luft der lauten Klassenzimmer. Mein Kopf sehnt sich nach Ruhe und Bewegung. Früher dachte ich immer, dass ich mit steigenden Alter schwerhörig werden würde. Das ist noch nicht so, in manchen Momenten denke ich: Es ist leider noch nicht so! So muss ich alles hören. Die Kinder sind aber auch ziemlich alle und brauchen eine Auszeit von Schule, Lehrern, Hausaufgaben, Schreiben, Rechnen und auch von mir.

Mein neuer Bekannter zu Hause ist die Gasuhr, die mir zu jeder Zeit unerbittlich mitteilt, wie viel ich für Warmwasser und Heizung verschwendet habe. Freundlich leuchte ich sie immer an und hoffe, dass die Zahlen nicht zusätzlich einen Satz nach vorn machen. Nun weiß ich: Für einen dezenten warmen Tag verbrauche ich 3,5 Kubikmeter Gas. Ich habe genug von meinen Sonntagsgedanken und den Kühen, lasse sie zurück auf dem Damm und radele zurück nach Eberswalde in die lauwarme Bude.

Baustelle M

Sechsmal pro Woche komme ich an der Baustelle M vorbei. Dreimal am Morgen auf dem Weg zur Schule, und dann genauso oft auf dem Nachhauseweg. Ich hole einen Schüler ab, den ich an drei Tagen in der Schule begleite.

Schon als ich die Begleitung zum Schuljahresbeginn begann und wir das erste Mal an einem Haus vorbeigingen, erzählte er von der Baustelle M. Wir kamen tatsächlich an einer Baustelle vorbei. Seine Bezeichnung M nahm ich wahr, maß dem überhaupt keine Bedeutung bei. Ich machte mir keine Gedanken, was er wohl damit meinte. Bis ich eines Morgens das grüne M sah, dass auf dem Stein stand, in welchem der Bauzaun steckte, der die Baustelle absicherte. Jetzt verstand ich plötzlich. Deshalb hieß sie bei meinem Schüler also: Baustelle M. Diesen Stein hatte ich bisher nicht registriert, da er nicht in meiner Blickhöhe lag, aber eben für meinen Schüler. Das passiert uns Menschen sicher nicht nur wie bei dieser Baustelle, dass wir verschiedene Blickwinkel und Höhen auf Dinge, Begebenheiten und auch auf Menschen haben, also bei den unzähligen anderen „Baustellen" des Lebens.

Wie ging es nun in der Geschichte weiter, mit dieser Baustelle?

Seit diesem Zeitpunkt hieß die Baustelle auch bei mir: Baustelle M. Mit dem M bekam sie eine eigene Persönlichkeit, obwohl sie aus einzelnen Steinen und Bauzäunen zusammengesetzt war. Wofür das M stand, war weiterhin unklar. Wahrscheinlich hat dieses M überhaupt nichts mit dieser Baustelle zu tun.

Einige Monate später gibt es von einem auf den anderen Tag die Baustelle M nicht mehr. Das Haus ist fertig renoviert. Für meinen Schüler und mich fehlt da ein Stück gewohnte Welt. Er fragt mich, wo die Baustelle M denn ist.

Für ihn ist diese Baustelle auf eine andere Art wichtig gewesen. Sie stellt bisher ein Stück seines Schulweges dar. Ich versuche ihm die Situation zu erklären. Also erzähle ich ihm, dass das Haus, an dem die Baustelle klebte, fertig gebaut ist. Er schaut mit meinen Worten auf das Haus, scheint meinen Worten glauben zu wollen. Das erklärt aber noch nicht den Verbleib der Baustelle. Er fragt mich, wo sie denn jetzt ist. Ich überlege einen Moment.

Dann erzähle ich ihm eine erfundene Geschichte, das die Baustelle M jetzt irgendwo anders steht, weil sie da gebraucht wird.

Er überlegt eine Weile nach, schaut das Haus an, dann mich. Dann lächelt er und kann anscheinend mit der Erklärung seinen kleinen Horizont erweitern.

Veganes Warteraumdilemma

Das Leben kann auch ein Warteraum sein. In der Augenklinik ist Sitzfleisch gefragt. Trotz Termin warte ich nun schon fast 3 Stunden. Die anderen Wartenden stöhnen und ächzen in unterschiedlichen Levels. Von „Junge, Junge, Junge" bis „Ach du Scheiße!" ist alles dabei. Es dauert heute. Eine ältere Dame ist eingenickt. Zwei Rentner spielen tatsächlich Spiele auf ihren Mobiltelefonen. Ein anderer Herr mit wirrem Haar lässt seine Fingerknochen knacken.

Ich sitze schweigsam dazwischen, bin entspannt und wechsele immer zwischen Kurzschlaf und Mobiltelefonspielen. So füge ich mich angepasst ein. Dann bin ich dran und nach zehn Minuten Arztkontakt bin ich wieder raus.

Einen Tag später versuche ich mich beim Hautarzt. Eine halbe Stunde vor Öffnung der Praxis bin ich da und sichere mir Platz fünf in der Schlange. Zehn Minuten später stehen hinter mir neun Leute. Die Stimmung der Wartenden ist gut, zumindest auf den vorderen Plätzen. Die zwanzig Minuten restliche Wartezeit sind gut zu ertragen.

Die Schwestern bearbeiten uns, die ersten fünf Patienten dürfen bis zur Tür der Praxis auf rutschen, die restlichen Leute müssen vor dem Tor warten. Eine Schwester verteilt an weitere fünf Leute kleine elektronische Dingsdas, die piepen irgendwann und dann dürfen sie aufrücken.

Ich bin dran, die Schwestern befragen mich beflissen und dann darf ich in den leeren Wartebereich. Nummer Drei geht gerade ins Behandlungszimmer. Demzufolge bin ich bald dran und warte nur wenige Minuten. Ich vergleiche meine Arztbesuche: gestern mit Termin 3,5 Stunden Wartezeit und heute ohne Termin knapp 45 Minuten Wartezeit.

Der Arzt macht nicht viel Worte, er legt ein Tempo vor und bleibt dabei trotzdem aufmerksam. Er kommt schnell zur Sache und hat auch schon einen Vorschlag.

In meiner Tasche steckt ein Rezept, die verschriebenen Tabletten sollen rund 5000 Euro kosten.

Zu Hause schaue ich im Internet nach: 4715 Euro kosten 90 Tabletten, pro Tablette also über 50 Euro. Die Informationen zu den Nebenwirkungen der teuren Pillen klingen heftig.

Ich werde sie probieren und hoffe um Befreiung meiner Haut. Für mich stimmt da aber die Relation nicht, irgendwie liegen solche Preise nicht in meiner Vorstellungskraft.

Heute früh habe ich also die ersten 57 Euro versenkt, mit einen Schluck Wasser hinterher.

Vielleicht war es eine erste Nebenwirkung, dass ich mich an einer dieser Antivegandiskussion in Facebook beteiligte. Für mich ist es ein Gewinn.

Ich kann vegan, vegetarisch und tierisch essen. Durch die Fülle der Möglichkeiten fühle ich mich eher bereichert und nicht so verkniffen und oberflächlich, wie mehrere der Fleischfetischisten, die sich über jedes nicht fleischliche Produkt aufregen.

Geburtsrad

Der heutige Tag ist ein Tag im April, wie er im Buche steht. Gerade kitzelt mich noch die warme Sonne an der Nasenspitze und wenig später zeigt der Himmel über mir seine dunkelsten Wolkengebilde.

Hinter dem Schatten der Stadt hat der Wind ein leichtes Spiel mit mir. Ja, er bläst mir herausfordernd ins Gesicht. Mein Körper bietet genug Windangriffsfläche für ihn. Egal, langsam rollt auch. So strample ich mich heute als de facto Comeback Radler ziemlich ab.

Das Gras am Wegesrand ist schon unverschämt grün. Und überall leuchten kleine Sonnen, die Butterblumenzeit hat schon begonnen. Das junge Schilf am Kanal streckt sich empor, die alten vertrockneten Elternhalme vom vergangenen Jahr stehen noch. Bald wird das Junggemüse ebenso hochstehen oder das alte Schilf sogar überragen.

Im Wald regt sich auch schon ein wenig das Blattwerk. Und die große Wiese räkelt sich bereit, will wachsen. Ein einzelner Schwan zieht einsam seine Bahnen über das Kanalwasser.

Dann sitze ich auf der Bank meines Vertrauens am Rande der Wiese und denke über meine letzten 57 Jahre nach. Es schwirren einzelne Kindheitsbilder durch meinen Kopf.

Zum Kindergarten ging es damals in Wriezen am alten Friedhof entlang. Meine zwei Brüder gingen mit mir, allein wäre die Vorstellung Friedhof gruselig gewesen.

Ein nächstes Bild zeigt mir Stücke von einem Weißkohl. Die legten wir heimlich auf Wiesenpflanzen in unserer Straße und gaukelten dem Nachbarskind vor, das so Weißkohl wächst. Unsere Gesichter strahlten wohl Wissen aus, er schaute recht ungläubig, konnte aber die Weißkohlblätter nicht leugnen.

Auf derselben Wiese gab es hinter einem Maschendrahtzaun einen Garten mit Erdbeerpflanzen. Die Erdbeeren strahlten rot und riefen nach mir. Da wurde ich für einen Moment kriminell, entwickelte Freude an Technik und Experimenten. Ich räufelte mühevoll den Drahtzaun auf, brauchte eine kleine Ewigkeit für einen Durchbruch durch den Maschendraht. Dann krabbelte ich durch und griff gierig nach der ersten Erdbeere. Durch den Garten kam bellend ein Hund angerannt.

Ihm folgte laut rufend der Gartenbesitzer. Ich ließ erschrocken die Beere fallen und rannte um mein Leben. Schnell krabbelte ich wieder durch das Loch des Zaunes und rannte schnell wie der Wind und ungebissen über die wilde Wiese davon.

Ein paar Tage später wagten wir uns vorsichtig wieder über die Wiese zum Zaun.

Er war inzwischen repariert, ein Loch war nicht mehr zu sehen. Im Bereich meines Durchbruchs war der Zaun verstärkt worden. Und die Erdbeeren waren allesamt abgeerntet.

Die 57 Jahre sind voller verschiedener Erinnerungen, da reichen meine zwei Stunden Finowkanal nicht aus.

Als der Zug ruft, mache ich mich auf den Rückweg. Am Treidelwegrand sehe ich rasierte Kopfweiden stehen. Nur eine Weide trägt noch ihre Ruten. Sie hatte wohl vergessen, sich um einen Friseurtermin zu kümmern.

Da wird mir klar, dass auch ich mal wieder zum Barbier gehen und meinen Bart pflegen lassen müsste.

Herzcheck

Ich liege in der Röhre und fühle mich ein wenig so, wie eine einzelne Spreewälder Souvenir Gurke in der Blechdose. Gerade habe ich mein erstes MRT. Über die Kopfhörer werde ich zum Atmen animiert, auch zum Luftanhalten. Dann brummt und posaunt es um mich herum. Es ist ein Konzert von Misstönen. Bewegung ist nicht drin, ich fülle die Röhre fast aus. Auch an meine Nase komme ich nicht ran, es juckt. Die Augen lasse ich besser zu, ich mag diese Enge nicht sehen.

Zwischen den lauten Tröten erinnere ich mich an eine Situation vor vielen Jahren in Belgien. Wir waren zu einem Jugendaustausch mit meiner damaligen Arbeitsstelle, dem Bernauer Jugendtreff Dosto, in Ostbelgien. Werner, mein belgischer Amtsbruder, hatte ein besonderes Highlight für uns organisiert: Eine Grottenwanderung in den Ardennen.

Wir parkten unsere Minibusse auf einem Parkplatz, direkt an den Bergen. Alle bekamen einen Grubenhelm mit Lampe. Der Anfang war schon ein wenig abenteuerlich, wir mussten mit den Füßen zuerst hinein in einen Gang rutschen. Ich rutschte mutig und kam irgendwie klar.

Schließlich war ich ja der Sozialarbeiter. In der Höhle konnte man zuerst stehen, dann ließ uns Werner auch durch einen Gang kriechen. Wir krochen und fanden am Ende des Ganges einen grinsenden Werner vor. Nun ging es etwas tiefer hinab, wir wateten durch einen unterirdischen Bach, mussten uns beugen, da die Decke niedrig hing.

Und dann kam das belgische Natur-MRT: Die Höhlenführer zeigten auf einen engen Gang, der sich um die Ecke schlängelte. Da sollten wir nun lang. Man konnte nicht sehen, wohin er führte. Die Führer wussten das schon. Einer machte den Anfang, die Jugendlichen folgten.

Dann waren nicht mehr viel übrig, die Reihe war an mir. Ich versuchte mich, schlängelte mutig, robbte hinein, kam um die erste Kurve. Nein, ich blieb nicht stecken. Ich kam oder konnte nicht weiter. Mein Brustkorb war auf Tuchfüllung mit der Wand des Ganges.

Es war einfach beängstigend und schrecklich, ich wollte zurück und raus aus dem Gang. Mein Unterleib verschwand in der hinteren Kurve und vorn machte der enge Gang die nächste Windung. Wie sollte das gehen?

Ich kann mich nicht mehr erinnern, ob man mich an den Füßen zurückzog, oder ich es selbst hinbekam. Ich war jedenfalls wieder frei und wusste, dass ich hier nicht durch konnte und wollte.

Mir blieb nichts weiter übrig, als mit einer Höhlenführerin zurückzubleiben. Wir standen im Wasser des Baches, die Frau sprach nur französisch. So waren wir still, man hörte nur unsere Atemzüge. Meist war das Licht aus, unsere Kopflampen liefen über Batterien, wir mussten Energie sparen. Das war wirklich sehr merkwürdig.

Die Zeit zog sich eine lange Ewigkeit dahin. Irgendwann hörte ich menschliche Geräusche, meine Gruppe kam zurück. Diesmal kamen sie durch das Wasser des Baches getaucht, der unter einem tief hängenden Fels neben dem engen Gang war.

Viele Jahre später lag ich also in der MRT Röhre in Eberswalde und dachte an Belgien.

Plötzlich bewegte sich der Tisch und schob mich wieder hinaus in die Welt, das war kein Vergleich zu der beängstigenden Situation in dem engen Gang.

Vorbeimai

Der Mai ist vorbei. Er war recht radlos, dieser Wonnemonat. Ich war wie besessen und las mich durch Bücher meiner Kindheit, insgesamt durch fünf dicke und sechs dünne Bücher von Liselotte Welskopf Hendrichs. Die Geschichten von Harka und Stonehorn fesselten mich wiedermal.
Nicht nur beim Pilgern wiederhole ich mich, auch beim Lesen. Ich überlege gerade warum. Vielleicht mag ich es alte Dinge neu zu entdecken. Oder ich möchte mich verändert erleben, wohl in erster Linie älter, weiser und (ab)genutzter.

Mein Rad steht beleidigt im Flur. Die kurzen gefahrenen Stücke von hier nach da und von da nach hier waren nicht wirklich Rad fahren. Wer rastet, der liest ... so kann ich mich herausreden. Lesen kann wie Pilgern mit dem Kopf sein.

Nun ist Juni. Alles kann anders sein. Und dann kommt der Juli, der Monat für die Füße. Aber erstmal komme ich von der Arbeit am Nachmittag des ersten Junis nach Hause und ein wenig schlechtes Gewissen treibt mich dazu, mein Rad hinauszutragen und mich auf den Sattel zu schwingen.

Mein Rad rollt mich über den Treidelradweg. Ich tauche in die heile Finowkanalwelt ein. Ein Seniorensextett überholt mich mühelos mit ihren Fahrradtaschen behangenen Tourenrädern. Klar, sie haben ja Zeit und sind dadurch schneller. Meine müden Knochen nebst verkümmerter Muskulatur sind noch nicht richtig wach. Ich betrete sozusagen fast Neuland.

Die große Wiese ist an ihrem Platz und zeigt sich satt und grün. Ich sitze auf der Bank am Rande dieser Wiesenwelt und will den Spätnachmittag beobachten.

Doch sogleich nahen unzählige Regimenter stechlustiger Insekten und fallen über mich her, als wäre ich eine Bar mit Getränken. Ich fürchte einen baldigen Engpass in meinen Adern und Kapillaren. So muss ich flüchten, im Interesse meines Blutes. Die Bank ist wieder frei und ich radle noch ein paar Drehungen. Ich atme tief ein und es riecht schon ein wenig nach Sommer.

Vor einigen Tagen war Wandertag. Die Klasse meines Klienten wanderte in den Wald. Es war ulkig zu sehen und zu erleben, dass einige der Kinder wohl zum ersten Mal im Wald waren.

Der Wald hinter dem Zoo Eberswalde, in der Nähe der Herthaquelle war unser Wandertagsort.

Wir spazierten durch den luftigen Wald, wechselten vom Weg auf Pfade. Am Bach waren viele Bäume hier von Bibern bearbeitet und verziert. Es gab sumpfige Stellen.

Anfangs waren alle gespannt und neugierig. Die Pause mit Sitzen auf bemoosten Baumstämmen überforderte einige Kinder total. Andere hüpften und sprangen auf Äste und kleine Stämme, beachteten weder Vordernoch Hintermann. Wir Großen hatten ganz schön zu tun.

Die Kinder schauten sich aufmerksam um, entdeckten Bäume, Blumen und Wurzeln. Es gab auch viel Unscheinbares zu entdecken, wie Sand in verschiedenen Farben oder der Geruch von feuchter Erde. Das machte ihnen Spaß.
Sie hatten nur panische Angst vor den Krabbeltieren, wie auch z.B. vor Spinnen, Käfer und Ameisen.

Nach drei Stunden waren alle Kinder ziemlich knülle, wir Großen noch ein wenig mehr. Abenteuerwald.

Ostseen

Meine Mutter und ihr Mann machen Urlaub an der Ostsee, das ist ein Grund für mich, sie dort zu besuchen. Die Suche nach einem bezahlbaren Quartier für mich ist schwierig. Es gibt keine preiswerten Unterkünfte mehr. Selbst in der kirchlichen Herberge, in der ich dann unterkomme, kostet ein Bett in einem Mehrbettzimmer viel Geld.

Die Ostsee ist trotzdem für mich das allerschönste Meer der Welt, in ihr mag ich gern planschen.

Das Wasser hat heute 20 Grad, da komme ich alte Frostbeule gut hinein. Das Meer empfängt mich sanft und quallenleer. Für eine kleine Ewigkeit lasse ich mich auf der Sandbank treiben. Ich bin wie ein Boot, was nirgendwo anlegen will. Die Wellen spielen mit mir, als wenn ich eine Feder wäre. Das fände ich wunderbar, wenn es doch so auch außerhalb des nassen Elementes so wäre.

Im Ostseebad Boltenhagen ist aus meiner Sicht mittelprächtig Betrieb. Der Strandkorbverleiher Nr. 11 erzählt von dem bisher kargen Geschäft in diesem Jahr.

In den letzten beiden Jahren war mehr los, so sagt er. Ich staune, dass bei den hohen Preisen hier überhaupt so viel los ist. Das hätte ich nicht gedacht.

Nur wenig Möwen fliegen derzeit in den Lüften über den Strand von Boltenhagen. In meinen Ostseeerinnerungen waren sie „früher" überall, stibitzten diverse Fischbrötchen oder wurden von brotwerfenden Kindern herangelockt. Fischbrötchen gibt es weiterhin an jeder Ecke und Bude. Die Preise sind auch gewachsen. Vielleicht gibt es deshalb weniger Möwen, da weniger Brötchen gekauft werden.

Ab und zu krächzen jetzt Raben die herumliegenden Strandgäste an. Sind sie die neuen Herren des Strandes? Die Strandkörbe sind wie kleine Festungen im Sand. Manch Nachbar schiebt und schiebt seine Festung in den Bereich eines anderen Korbes, versucht so Land zu gewinnen.

Wir sitzen später zusammen am Strand, meine Mutter in ihrem Strandkorb ich im Sand.

Die Ostsee tut ihr gut. Sie mag das Meer und die Seeluft. Ins Wasser traut sie sich nicht mehr.

Vor einigen Jahren, wir waren zusammen an der Ostsee, passierte ihr Folgendes: Sie war in der Ostsee, hinter der ersten Sandbank. Alles wirkte gut und angenehm, so schien es mir. Irgendwann sah ich sie plötzlich in Rückenschwimmermodus, sie schwamm auf dem Wasser.

Das wirkte etwas komisch auf mich, so näherte ich mich ihr. Sie hatte einen verzweifelten Gesichtsausdruck, die Wellen hatten sie in diese Lage gebracht. Aus eigenen Kräften schaffte sie es nicht mehr zurück auf ihre Füße. Meine Mutter machte einen hilflosen Eindruck. Ich zog sie ins flache Wasser und half ihr auf ihre Beine. Der Schreck lag noch in ihren Knochen, so schrecklich hatte sie sich gefühlt. Ich glaube, ab diesem Moment war sie nicht mehr in der Ostsee baden.

Ich nutze noch einmal die Gelegenheit und begehe die Ostsee. Das Wasser ist wirklich sehr angenehm. Um 13 Uhr geht es zurück in den Alltag.

Die Autobahn Nummer 20 ist nicht zu voll und recht gut zu befahren. Ich fahre und fahre und bin nach dreieinhalb Stunden zurück in Eberswalde.

Wolkenmontag

Heute ist mein erster richtiger Urlaubstag.
Die Sommerferien haben begonnen und ich
bin kurz davor, mich auf dem Weg zu machen. Da es morgen früh erst losgeht, hatte
ich das Wochenende und den heutigen Tag
um alles aufzuräumen, die Wohnung so zu
sortieren, dass sie ohne meine Anwesenheit
die nächsten Wochen aufbereitet ist.

Der Kühlschrank ist fast leer, der Rest wird
heute Abend und morgen früh verbraucht.
Nebenbei packe ich den Rucksack. Ich denke,
dass alles drin ist. Es kann sein, dass ich etwas vergessen habe. Das werde ich dann unterwegs merken. Auspacken will ich nicht
nochmal. Ganz sicher ist auch irgendwas im
Rucksackbauch gelandet, was ich nicht brauchen werde. Rund 8 kg ohne Wasser und Essen bringt er auf die Waage. Das kann ich
tragen. Das ist sowieso die Logik des Ruck-
sacktragens, man kann nur soviel einpacken
und mitnehmen, wie man tragen kann. Das
gehört sozusagen zum Pilgern dazu.

Durch diese Erkenntnis merkt man, was eigentlich nötig ist und wie wenig man wirklich
braucht. Trotzdem schicke ich fast auf jeder
Pilgertour Sachen zurück.

Morgen werde ich mit dem Zug über Berlin, Frankfurt am Main bis nach Lyon fahren. Knapp 12 Stunden werde ich brauchen, wenn alles klappt. Das ist jedenfalls der Plan. Noch hoffe ich, dass mein DB-Zug nach Frankfurt pünktlich fährt und ich den französischen Anschlusszug erreiche.

Ich bin gelassen und innerlich aufgewühlt. An meiner Route entlang der Rhone wird nicht viel Verständigung auf Englisch möglich sein. Google Translator wird mein verlässlicher Helfer sein. Hände und Mimik nehme ich auch mit.

Gerade ist auch noch ein wenig Zeit, um unter den Montagswolken meinem Fahrrad etwas Auslauf zu ermöglichen. Ab morgen wird es für einige Wochen ungenutzt auf meinen Flur stehen. Mein Radweg am Finowkanal ist immer noch an derselben Stelle.

Ich bin nicht ganz bei der Sache, in meinem Kopf tanzen die Namen der französischen Städte und Dörfer umher, in denen ich Station machen will. Unterkünfte sind schwer zu finden. Bis drei Tage vor Arles hab ich gesucht und gefunden.

Spontan wäre nur mit Zelt möglich, Zeltplätze gibt es viele. Aber ich will gern auf die zwei zusätzlichen Kilo verzichten.

Es sieht ganz so aus, als ob es gelingen wird. Von zwei Klöstern fehlen noch Bestätigungen. Ich hoffe die Frerés nehmen mich auf.

So radle ich mit vollem Kopf durch die sommerliche Gegend. Auf dem Kanal blühen schon einige Seerosen, sie strecken ihre neugierigen Blüten in die Höhe. Eine Jugendgruppe radelt gelbbewestet an mir vorüber.

Ich steuere in Niederfinow den kleinen Zeltplatz an. Zum Abschied genehmige ich mir einen Kaffee und ein Stück leckeren Rhabarberkuchen. Ich genieße den himmlischen Kuchen und den Blick in den wolkigen Himmel.

Morgen geht es also nach Frankreich. Gut - ich radle Frankreich ein Stück entgegen.

Seereise

Es ist der erste Nachsommersonntag des Jahres und ich fahre mit dem Auto über die Landstraße nach Wandlitz. Gleich treffe ich mich mit einem Pilgerfreund aus Thüringen. Er ist für das Wochenende in der Jugendherberge untergebracht und wir wollen heute einen schönen Tag miteinander verbringen.

Zwischen zwei Parkplätze laufen wir uns über den Weg. Wir spazieren zusammen zum wunderschönen Liepnitzsee, der mitten im Wald liegt. Eigentlich weiß ich ja schon lange, wie toll dieser See ist. Und trotzdem bin ich schon längere Zeit nicht mehr an seinen Ufern gewesen, spaziere ja eher an Meeresstränden und in der Weltgeschichte umher und vergesse dabei die wunderbare Natur vor meiner Haustür.

Ach du schöner See, heute hast du mich erneut bezaubert. Dein Wasser glänzt einladend und zarte Wellen rollen sich in Windrichtung über den See.

Mit Ulli, dem Salzmann, geht es zur Feier des Tages und unserer Begegnung auf Kreuzfahrt. Es ist nur eine sehr kurze Kreuzfahrt, eher eine Fährfahrt mit dem Boot Frieda von der Nordseite zum Langen Werder hinüber und später weiter zum Südufer.

Ulli braucht viele Pausen, seine Lunge hat nicht mehr so viel Kraft. Aber er ist unermüdlich, will in Bewegung und aktiv bleiben. Seit einiger Zeit kämpft er wacker gegen das Ungeheuer Krebs, welches sich in seiner Lunge festgesetzt hat. Er wirkt so lebensbejahend und hat so viele Ideen in seinem Kopf.

Auf der Insel angekommen, besuchten wir natürlich den Insulaner, die kleine einfache Kneipe am Anfang oder dem Ende der länglichen Insel. Einige Spätsommergäste sitzen im Freiluftbereich. Wir stellen uns geübt in die Schlange, warten die Zeit ab, bis wir dran sind.

Die Frau vom Insulaner wirkt etwas spröde. Es scheint ihre Art zu sein und sie ist trotzdem freundlich. Die Kartoffelsuppe nebst bockiger Wurst passt genau in unsere leeren Bäuche. Ich sitze mit Ulli gemütlich unter den Bäumen. Die Natur trägt ein hoffnungsvolles Grün.

Und die Sonne schaut zwischen den Blättern hindurch, will uns im Auge behalten. Wir schwatzen munter, oft höre ich Ulli zu, denn er hat noch so viel zu sagen. Als die Suppe gelöffelt ist, gehen wir zurück zur Anlegestelle des Minitraumschiffes. Die Fähre fährt erst hinüber zum anderen Ufer, bevor sie anlegt und uns mitnimmt.

Der Rückweg nach Wandlitz wird noch schöner, wir spazieren immer entlang des bewaldeten Ufers. Unter den großen und alten Bäumen ist es schattig. So lustwandeln wir weiter bis zum Waldbad.

Hier ist eine Pause zum Luftholen nötig. Ulli hat noch Kuchen im Rucksack, so bekrümeln wir ein wenig den Strand des Liepnitzsees.

Der Weg um den See ist unendlich, wir schlendern noch weiter am Ufer entlang, bevor wir die Unendlichkeit verlassen und Richtung Wandlitz abbiegen. Der Abschied vom See ist schon etwas wehmütig.

Unser Abschied folgte dann vor der Jugendherberge, mit dem Wissen, dass wir uns bald beim Pilgertreffen wiedersehen werden.

Septembermitte

Der Sommer verlängert gerade und ich nutze den bisherigen September für wärmende Gedanken. So wage ich mich auf das Rad und komme ins Rollen.

Der Sonntag ist mit mir und mit dieser verwegenen Idee im Einklang. So produziere ich Gedanken im Fahrtwind. Ich fahre und fahre am scheinbar endlosen Finowkanal entlang. Es beruhigt mich, dass der Weg noch da ist, trotz meiner Abwesenheit. Mein Kopf öffnet seine Gedankenschubladen.

Die Bank an der großen Wiese kommt für einen Stopp gerade recht. Die Wiese atmet mich an und ich kann Luft holen. Ich sitze und schaue in mich.

Die Arbeit in der Schule wirkt noch frisch. Man muss sich noch auf die Umstände einstellen. Für die dritte Klasse heißt das zum Beispiel Raumwechsel. Manche Wege sind lang und treppenlastig. Die Drittklässler müssen sich im Strom der Schüler zwischen oben und unten durchkämpfen. Die älteren Schüler sind etwas rabiat. Sie haben die Oberhand. Ich muss da auch durch, da schmilzt unsere kleine Pause auf wenige Minuten zusammen.

Ich finde die Pausen zu kurz für solche Wanderungen. Toilette benutzen, Sachen auspacken und Trinken braucht auch noch Platz.

Wir Erwachsenen erfreuen unsere Kinder schon gleich mit Stress und Zeitdruck, so erlernen sie gleich, wie es später sein wird. Eigentlich ist das kein guter Lerninhalt. Ich denke dabei sofort an das Pilgern, wo es ja um Entschleunigung und Langsamkeit geht.

Die Engelsbank am Kanal ist heute mein Kap Finisterra.

Aber hier werde ich nicht lange sitzen können. Die Nachmittagssonne knallt auf meinen kopftuchlosen Kopf. Was sind da noch für hitzige Gedanken in meinem Schädel abgelegt? Ja, da sind die Träume von den nächsten Wegen, die Ende Oktober möglich sind. Klar, mein französischer Sommer rumort noch in mir. Das Leben hier scheint so weit weg von allen Jakobswegen zu sein, obwohl hier so viele andere kleine Wege sind, auch ein Jakobsweg ist dabei.

Der nächste Gedankenblitz: Sind Fingerspitzengefühl & geschickte Hände das gleiche? Nein, auch jemand, der sehr geschickt mit seinen Händen umgehen kann, hat nicht automatisch das angemessene Fingerspitzengefühl. Ich kenne da jemand, der wirklich erstaunliches mit seinen Händen und Fingern hinkriegt und gleichzeitig sehr poltrig, abwertend und

Mein Befinden zappelt derzeit zwischen Erschöpfung und Tatendrang. Nach der Arbeit in der Woche lande ich neben meinem äußeren Schweinehund auf der Couch. Dann teilen wir uns die Couchpotatos, mampfen sie weg.

Der Krieg kriegt sich weiterhin nicht ein und die Blaubraunen werden nebenbei salonfähig. Ich schaue auf jeden dritten in meinem Umfeld und frage mich, ob er diese Partei wählt. Manche aus dem ehemaligen Westen setzen den Osten gleich mit AFD. Das ist natürlich totaler Blödsinn. Ebenso: Manche aus dem jetzigen Osten sind voller Hass gegen alles Grüne.

Grün habe ich noch nicht gewählt und doch finde ich diesen Hass, die primitiven Witze und auch die Häme gehen Ricarda Lang nicht mal mehr unterste Schublade. Es gibt eigentlich genug Themen und Dinge, die man sachlich und laut kritisieren kann.

Zeitenwende

Endseptember ist es und die ungeduldige Frau Herbst pustet hier und da schon etwas Farbe in die spätsommerliche Blätterwelt. Zuerst sind es nur einzelne Blätter, die das Gelb wagen. Das Farbenspiel der Natur beginnt langsam. Die gelben Einzelblätter inmitten der grünen Brüder konnten es scheinbar nicht erwarten, sich zu verfärben. Der Busch trägt sie nun als gelbe Tupfer. Wahrscheinlich werden sie auch die Blätter sein, die sich der Herbstwind zuerst holt.

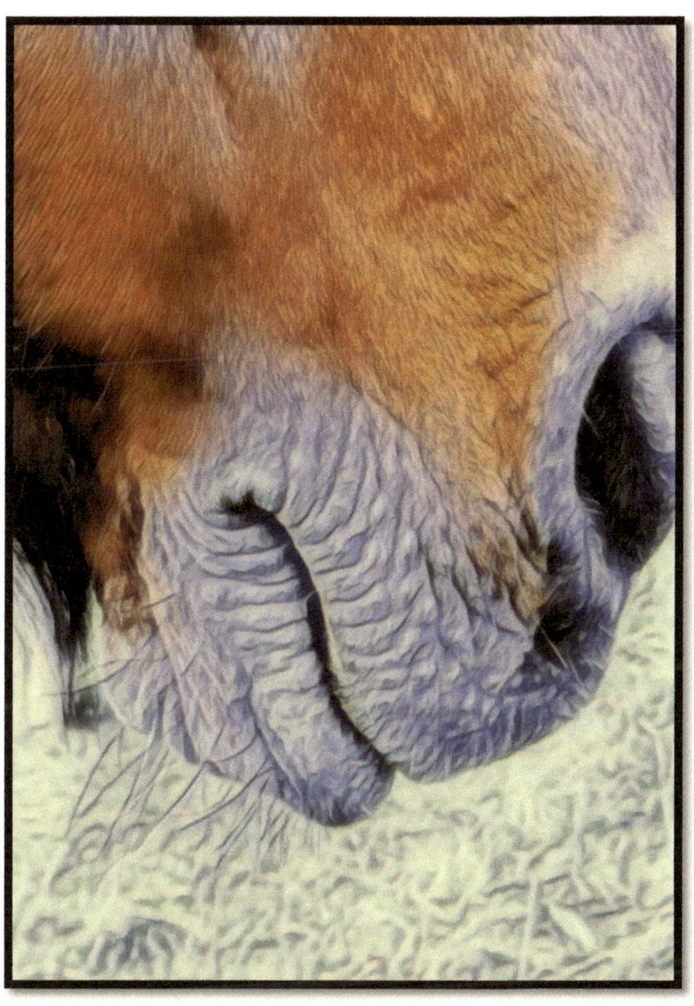

In der Menschwelt pustet mich der Alltags-
wind als leicht welkes Blatt durch die Gegend.
Vielleicht sollte ich mein gelbes T-Shirt aus
dem Schrank holen.

Mit dem neuen Schuljahr erwischte mich tatsächlich eine persönliche Zeitenwende. Nein,
ich rüste jetzt nicht auf. Einige Zeiten haben
sich geändert und verschoben. Die Begleitung
zur Reittherapie ist jetzt donnerstags. Das
fühlt sich für mich noch ungewohnt an, da
das Reiten bisher das Wochenende einleitete.

Nun gibt es noch den Rest der Woche nach
den Pferden - der Freitag bleibt noch "abzu-
sitzen". Meine Teilhabe an diesem Geschehen
ist auch nicht mehr das, was es mal war.
Jetzt reiten drei Mädchen in der Gruppe und
sie wollen unter sich bleiben. Deshalb werde
ich jetzt aber mein Geschlecht nicht ändern
und gewöhne mich so langsam daran, als
Statist am Rande auszuharren.

Wenn der Morgen wettertechnisch gnädig ge-
stimmt ist, dann radle ich jetzt zur Arbeit.
Viel langsamer als der Bus bin ich dabei
nicht. Der Verkehr ist ziemlich dickflüssig.
Ich kann mich da vorbeischleichen. Und dann
gibt es ja noch die Haltestellen, da überhole
ich den Bus, ohne ihn einzuholen.

Moment mal: Woran erinnert mich das jetzt? Egal, denn zum Schluss gewinnt der Bus unsere morgendliche Wettfahrt dann doch.

Zwischen Familiengarten und der Kreuzung Finow gibt es kaum Haltestellen für den Bus. Das trage ich mit Fassung, da ich sowieso etwas benebelt bin, von den ganzen Abgasen.

Für die Busfahrkinder an der Finower Kreuzung bin ich der radelnde Weihnachtsmann. Auf diese Bezeichnung ist immer Verlass, jedes Mal erbarmt sich einer und ruft mir „Weihnachtsmann" hinterher. Die ersten Male habe ich das, in mir ruhend, hingenommen. Seit einer Weile habe ich mir Gegenworte zusammen gebastelt und antworte gekonnt mit Worten wie „Na Rudolf", „Selber Nikolaus" oder „Zu Weihnachten gibt nichts!". Da gucken sie für eine Weile verdutzt. Die Ampel schaltete in diesem Moment auf Grün und ich radele mit wehendem Bart und einem Pfefferkuchenlächeln davon.

Meine Sinne sind schon auf die Herbstferien ausgerichtet. Da will ich natürlich meinen Füßen, den Knien, den Beinmuskeln und meinen Rücken etwas zu tun geben, werde wieder durch das gelobte Land spazieren.

In der Schule singen die Kinder gerade ein Lied in Musik, das auf "dann ist wieder alles Banane" endet. Da die Tage 3. und 7. Oktober noch in der Nachbereitungsecke meines Gehirnes herumgeistern, grübele ich gerade nach, ob früher auch im Osten diese Redewendung im Gebrauch war. Ich will eigentlich gar nicht mehr wachsen, fühle mich mehr als Wachskerze, die von Licht zu Licht zusammenschrumpft.

Schmuddelwetter

Es ist schon Mitte November. Das Wetter lockt mich nicht gerade hinter dem Ofen hervor. Eigentlich habe ich keinen Ofen mehr, aber bei so schmuddelnassen Wetter kriegen mich keine zehn Pferde vor die Tür. Ich habe zwar nicht mal ein Pferd, dafür einen Flur und da parkt mein Drahtesel. Immerhin besitze ich also einen Esel.

Die Bronchitis hat sich inzwischen fast verabschiedet, nur noch alle 5 Stunden und zehn Minuten huste ich noch ein wenig umher.

In der Schule keuchen und fleuchen neue Infekte durch die Lüfte und sitzen auf Tischen, Stühlen und Türklinken.

Die lieben Kinder haben sie dabei und verteilen sie großzügig auf Klinken, Bänke und Lichtschalter. Bisher ist es mir gelungen, dankend abzulehnen.

Die Tage werden tatsächlich immer kürzer, noch im Halbdunklen mache ich mich auf dem Weg zur Arbeit und wenn ich zurück nach Hause komme, schwindet gerade das letzte Licht in den frühen Abend.

Ich verändere mich gerade. Was ich bisher nie gemacht habe, entwickelt sich als eine Möglichkeit den Tagesbeginn zu verzögern. Ich betätige jetzt ab und zu die Schlummertaste meines Weckmodules. Das ist wirklich praktisch.

Älter werden macht Spaß, wenn da nicht all das Quietschen und Zurren und Ziehen und Zwicken an allen „Ecken“ und „Kanten“ meines wohl gerundeten Körpers wäre. Aber solange mich meine Füße nebst Beinen noch durch die Caminowelt tragen und das nächste Mal, mein Freund der Husten, zu Hause bleibt, will ich mal nicht meckern. Der nächste Sommer wird französisch.

Fünf Minuten mehr Augenschonung wirkt Wunder in meinem fortgeschrittenen Lebensstadium. Man darf natürlich diese Weiterschlaftaste nicht zu oft drücken, dann verschläft man.

In der geplagten Weltgeschichte sind die Kriege mehr geworden. Ich fühle mich ohnmächtig in meinem Nachdenken und Grübeln darüber, bin versucht ohnmächtig noch weiter als „am ..." zu steigern. So versandet mein Grübeln in der 23er Wüste, mir fällt dazu nicht wirklich was Positives ein.

Der Terrorismus bombt sich durch das Gestern und Heute, Morde und Gemetzel dabei, Rache als Folge, Morde als Folgesfolge, neuer Terrorismus als Folgesfolgefolge und dabei sterben viele unschuldige Menschen in Eurasien und Eurafrika und dazwischen. Die Rechtspopulisten rücken in vielen Ländern in die Mitte, wittern in all dem Leid und den Problemen Morgenluft. Sie verbreiten lautstark ihre plumpen Parolen. Die Linken zerlegen sich in alle Einzelteile, das konnten sie schon immer gut. Der Rest kommt auch nicht mehr so richtig in die Gänge, manche wandern in die populistische Mitte ab, übernehmen zum Teil die einfachen und unmenschlichen Parolen. Wohin soll nur die Reise gehen?

Frühes Jahr

Der März ist scheinbar durch die Hintertür gekommen und ich hinke ein wenig der Zeit hinterher. Mein Kalender zeigt mir noch den Februar. Nachher werde ich den Kalender und mich umschlagen, die Zeit weiter blättern.

Zuerst vergewissere ich mich aber, ob der März überhaupt schon da ist. So ein Kalender ist doch manipulierbar. Theoretisch. Man könnte, nur mal so gesponnen, einfach noch weitere Februartage, wie einen 29sten oder sogar bis zum 43. Februar dazuschreiben.

So ein Quatsch! Da trage ich besser mein Rad die wenigen Treppenstufen aus der Wohnung. Gleich muss es mich tragen. Das ist der Lastenausgleich zwischen dem Fahrrad und meiner Person. Oder biblisch gesehen, trägt einer des anderen Last. Mein Fahrrad zieht den Kürzeren, das heißt, den Schwereren, es hat mehr und länger zu tragen. Die Reifen sind voller Luft und der Weg abschüssig. Ich finde den März vor dem Haus in dem blühenden Busch und in den fröhlichen Gesichtern der Sonntagsspaziergänger auf dem Treidelweg. Er ist im launigen Wind, der mich von vorn ins Gesicht pustet.

Der März ist auch schon draußen an der Ragöser Schleuse. Ich setzte mich auf eine Bank. Sie ist trocken und ich kann schon einen kleinen Moment sitzen, ohne mir den Allerwertesten zu unterkühlen. Da setzt sich der Märzentag neben mir auf die Bank und wir schauen gemeinsam aufs Wasser.

Der Frühling hält sich noch vornehm zurück, er schaut hier und da schon mal aus den Büschen und Bäumen. Nur die Weiden sind da etwas forscher, sie tragen ungeduldig ihr gelbes und sprießendes Weidenhaar.

Die Schleuse wird durch eine Großfamilie Sonntagsmenschen belagert. Die Alten sitzen und schwatzen und die Jungen klettern in den Bäumen. Ein paar Angler stehen am anderen Ufer und versuchen ihr Glück. Wenn die etwas angeln, bringen sie damit den Fischen Unglück, die ihnen an den Wurm gehen. So eng liegt Glück und Unglück zusammen.

Der Finowkanal tut wie immer sein Ding, er fließt dezent dahin und spiegelt die Vorfrühlingsnatur. Am Wehr der Schleuse rauscht er kraftvoll. Ich versinke für einen Moment in seinem überschaubaren Wasser. Neben mir steht mein Fahrrad, dass mir etwas fremd geworden ist. Es wird Zeit, dass ich die Lasten des Winters verliere.

Das neue Jahr läuft schon unter gebraucht und kann nun etwas preiswerter abgegeben werden. Wer will, wer will, wer hat noch nicht? Ich behalte mein Jahr lieber, freue mich auf den März und die Dinge, die da auf dem Kanal angeschwommen kommen.

Meine Bücher haben gerade das Licht dieser Welt erblickt, nun will ich hoffen, dass sie nicht in Regalen verstauben oder gar kippelige Tischbeine ins Lot bringen müssen.

Ich werde mal zurück nach Eberswalde treten und die Bank für den nächsten Nachdenker frei machen. Der Märztag ist schon längst weiter, denn er will seine Verabredung mit dem nächsten Märztag nicht verpassen.

Verboten

Jede Störung des Unterrichtes ist streng verboten. Mit einem Hauch versteckter Vergangenheit hängt dieses leicht verrostete Schild an der Mauer der Schule, in der ich schon über einem Jahr im Rahmen meiner Arbeit herumspaziere.

Ja, den Unterricht sollte Mensch nicht stören. Und doch bräuchte so mancher Unterricht positive Störungen.

Jede Störung des Unterrichts
ist streng verboten!

Störungen können auch spiegeln, dass der Unterricht langsam oder zu schnell abläuft. Hier an dieser Schule sind jedenfalls Störungen verboten.

Irgendwie scheinen wir Verbote zu brauchen, ja vielleicht auch zu lieben. Das erspart sicher auch Auseinandersetzungen und Problemlagen. Natürlich fallen mir auch wichtige Themen ein, wo ich Verbote als nötig ansehe. Aber manche Verbote sind nicht nötig, die sollte man verbieten.

Wir verbieten Verschiedenes, wie zum Beispiel das Ballspielen auf dem Rasen oder Fahrräder an die Hauswand anzulehnen. Auch Baustellen zu betreten oder Müll in der Natur abzuladen, ist nicht erlaubt. Mir ist klar, dass es gute Begründungen dafür gibt. Es sind ja oft sinnige Verbote und Gebote. So gibt es Regeln im Straßenverkehr, die verhindern, dass wir zusammen stoßen. Und das Verkaufsverbot von Tabak und Alkohol an Kinder und Jugendliche, das hat schon Sinn. Obwohl es natürlich nicht verhindert, dass Kinder und Jugendliche diese Sachen konsumieren. Die verbotenen Früchte schmecken am besten.

Frankreich hat jetzt verboten, das vegane Produkte Wurst oder Schnitzel heißen dürfen.

Für mich ist das ein unnötiges Verbot. Ich kann lesen und verstehe die Bezeichnung vegan. Wo ist da das Problem?

Wir haben so viele Artikel und Lebensmittel mit nicht eindeutigen Namen. Nehmen wir mal die Kinderschokolade oder die Scheuermilch. Auch Fleischtomaten und Tote Oma sind irreführend. Die Namen dieser Produkte spiegeln keine Inhaltsstoffe wieder, so hoffe ich jedenfalls. Schwieriger wird es mit Bezeichnungen, die diskriminieren und nicht mehr zeitgemäß sind. Für viele Leute sind diese Bezeichnungen das Ende der Freiheit in Deutschland. Ich bleibe ab und zu im fesselnden Internet hängen, wenn deutsche Wutzler sich an veganen Produkten abarbeiten. Manchmal kann ich nicht anders, reagiere und widerspreche. Meist wird mit übelsten Beschimpfung reagiert, ohne auf das Thema einzugehen. Wenn ich standhaft bleibe und sachliche Argumente einbringe, dann werde ich in der Stufe 2 beschimpft und beleidigt. In Stufe 3 wird mein Profil durchforstet, irgendein Inhalt zur Schau gestellt und diffamiert. Spätestens in diesem Moment ist es besser, aus dieser Debatte auszusteigen.
Was ist los? Dir gefällt diese Geschichte nicht? Vorsicht: Mein Buch voller Geschichten nicht gut finden, ist strengstens verboten!

frühLink

Die Zugvögel kommen ohne Verspätung. Der Streik der Lokomotivführer hat auf sie keinen Einfluss. Ich höre sie über meinem lichten Haupt. Sie sind im Himmel unterwegs, nur flüchtig.

Der Himmel lässt mich an Himmelbetten denken. Früher träumte ich von ihnen. Bis ich erfuhr, dass sie ursprünglich die Funktion hatten, dass die gespannten Himmelsstoffe dafür sorgen sollten, dass die Kakerlaken nicht ins Bett fielen. Also waren diese Betten eigentlich eher Höllenbetten.

Gerade fahre ich mit dem Rad in meiner Stadt umher. Sie ist nicht groß, deshalb habe ich es nicht weit. Die Stadt Eberswalde zeigt sich schon leicht frühlingshaft, noch schüchtert sie.

Und ich? Ich fahre so vor mich hin. Durch den März rolle ich, fast mit Leichtigkeit, wären da nicht meine angesparten winterlichen Gourmet-Kilogramme. Ich besuche die Buchläden und suche vergebens meine Bücher in den Auslagen. Das trage ich mit Fassung. Ich schnäuze in mein Taschentuch, dreimal.

In der Schule singen die Kinder im Musikunterricht vom neuen Frühling, der immer wieder kommt. Wahrscheinlich haben sie recht, denn es wird gerade milder.

Ein laues Windchen umweht mich. Ja, ich bin wohl ein Fels im frühen Wind. An mich kann man sich schon auspusten. Aber so leicht weiche ich nicht. Auch wenn ich mich kooperativ verhalten möchte. Ich bin nicht so einfach zu bewegen. Nur, wenn ich wirklich möchte.

Die Osterferien stehen vor der Tür. Das freut mich. Ich werde die Zeit schamlos ausnutzen und ein wenig spazieren gehen.

Die Kinder in der Schule sind auch schon österlich überdreht. Und das nicht nur wegen den extra Zuckerportionen, die die netten Verwachsenen in ihre Münder stopfen. Zumindest sind sie für einen Moment beschäftigt, schmatzen und schlucken, bis sich die neuen Energien in allen Facetten zeigen.
Man spürt auch so, dass sie nicht mehr stillsitzen können.

Es ist auch ohne die bevorstehenden österlichen Freizeiten an der Zeit, mal zu pausieren.

Und ich? Ich fahre noch mal schnell mit dem Rad um den Block. Ja, es kann sein, dass ich nur nachschaue, ob die duftende Jahreszeit tatsächlich beginnen will.

So fahre ich vor mich hin und gebe mich meinen Gedanken hin.

Gestern gab es als vorläufigen Abschied nochmal eine therapeutische Reitepisode. Mit den Pferden und so. Der Nachmittagswind spielte mit den Winterfellflusen der Pferde. Ich war wieder nur Randfigur, denn die Pferde nebst Pferdemädchen wollten unter sich bleiben.

Das brachte mir die Gelegenheit, das Werden zu entdecken. Die Natur gähnte farbig und erwacht. Nur ich war nach der Schulwoche recht müde. Bin ja auch eher in meinem Lebensherbst. Egal.

Der Block ist längst umrundet. Es riecht blumig, die frischen Blüten sind schon beeindruckend. Und wunderschön anzusehen.

Dann bin ich so weit und fahre zurück, direkt in meine nächste Geschichte.